AF460936

20 mars 1896 V

VENTE

En vertu d'une ordonnance de M. le Président du Tribunal civil de la Seine, en date du 25 février 1896, enregistrée

D'UN

RICHE MOBILIER

MODERNE

OBJETS D'ART

ET

TABLEAUX MODERNES

A PARIS, HOTEL DES VENTES

RUE DROUOT, 9, SALLE N° 1

Les Jeudi 26 et Vendredi 27 Mars 1896

à deux heures de relevée

Me Gustave COULON
COMMISSAIRE-PRISEUR
56, faubourg Montmartre, 56

M. René BLEE
EXPERT
13, rue Notre-Dame-de-Lorette

EXPOSITION PUBLIQUE

Le Mercredi 25 Mars 1896, de 2 heures à 6 heures

IMPRIMERIE ARTISTIQUE

E. MÉNARD & Cie

Bureaux et Ateliers: Paris — 8, Rue Milton

CATALOGUE

D'UN

RICHE MOBILIER MODERNE

Meubles de Salon en bois doré
Chambre à coucher Renaissance — Salle à manger Henri II
Cabinet de travail
Antichambre — Chambre de domestique, etc.

BELLE VITRINE DE STYLE LOUIS XVI
Ornée de bronzes ciselés et dorés

Consolе en bois doré — Petits sièges — Canapés, Chaises.
Armoire normande — Grandes chaires en bois sculpté

BELLES TENTURES

BEAUX TAPIS D'ORIENT

BRONZES, OBJETS D'ART, FAIENCES, TERRES CUITES

TABLEAUX MODERNES

PASTELS, AQUARELLES

Abbema, Astruc, H. Bellangé, G. Bertrand, Jean **Beraud**
G. Cain, Carrier-Belleuse, Chéret
Comerre, Debat-Ponsant, de Drammard, Duez
Fichel, Forain, Gervex, Guillaumet, Stephen Jacob
Paul Lazerges, Madeleine Lemaire
Machard, Montenard, A. Stevens, Ch. Toché
Trouillebert, Worms, etc., etc.

DESSINS DE :

H. Bellangé, Raffaelli, Steinlen, Willette, etc., etc,

ET DONT LA VENTE AURA LIEU

En vertu d'une ordonnance de M. le Président du Tribunal civil de la Seine, en date du 25 février 1896, enregistrée

HOTEL DES VENTES, RUE DROUOT, 9, SALLE N° 1

Les Jeudi 26 et Vendredi 27 Mars 1896

à deux heures de relevée

Mᵉ Gustave COULON	M. René BLÉE
COMMISSAIRE-PRISEUR	EXPERT
56, faubourg Montmartre, 56	13, rue Notre-Dame-de-Lorette

EXPOSITION PUBLIQUE

Le Mercredi 25 Mars 1896, de 2 heures à 6 heures

CONDITIONS DE LA VENTE

La vente sera faite *expressément* au comptant.

Les acquéreurs payeront en sus des adjudications *cinq pour cent.*

L'exposition mettant le public à même de se rendre compte de l'état des objets, il ne sera admis aucune réclamation une fois l'adjudication prononcée.

Paris. — Imp. E. Ménard & Cie, 8, rue Milton.

DÉSIGNATION

TABLEAUX

ABBEMA (Mlle Louise).

1 — Grand panneau décoratif : *Cigogne et Héron.*

Daté 1878.

ABBEMA (Mlle Louise)

2 — Autre grand panneau décoratif : *Bords de rivière.*

Daté 1878.

ABBEMA (Mlle Louise)

3 — Esquisse d'un panneau : *Le Japon.*

ANTHONISSEN

4 — *Invalide anglais.*

Chelsea 1887.

ALTAMOURA

5 — *Parisienne voilée.*

APPIAN

6 — *Bateau lavoir sur une rivière.*

AUBLET

7 — *Marine.*

BARILLOT

8 — *Vaches au Pâturage.*

BAURY-SAUREL

9 — *Portrait.*

BELLANGÉ

10 — Esquisse pour le tableau *La Partie de Loto au camp de Chalons.*

BERAUD (Jean)

11 — *Jeune femme dans un intérieur.*

BERTRAND (Georges)

12 — *Cuirassier tombé avec son cheval sur le revers d'un talus.*

Esquisse pour le tableau de « Patrie » exposé au salon de 1884.

BILLOTTE

13 — *Vue d'une porte à Paris, le soir.*

BLANCHE (J. E.)

14 — *Petite fille prenant le thé.*

BRISPOT

15 — *Suisse allumant sa pipe.*

CAIN (G.)

16 — *Jeune femme.*

CAIN (G.)

17 — *Éventail.*

CHIGOT (Eugène)

18 — *La Plage à Etaples.*

CLAIRIN

19 — Petit panneau décoratif pour le *Foyer de l'Opéra.*

COMERRE (Léon)

20 — *Jeune femme couchée regardant une rose.*

DEBAT-PONSAN

21 — *Paysage.*

DELAMAIN

22 — *Arabe dans le désert.*

DELAUNAY (J.)

23 — *Femme arabe.*

DRAMMARD (De)

24 — *Paysage.*

EDELFELT

25 — *Paysage. Soleil de minuit.*

FERRIER (Gabriel)

26 — *Jeune femme assise vue de dos.*

FICHEL

27 — Deux panneaux : *Petits personnages.*

GARNIER (Jules)

28 — *Jeune Italienne.*

GUILLEMET

29 — *Plage à marée basse.*

GŒNEUTTE (Norbert)

30 — *Vue d'une place publique.*

HERMANN-LÉON (Charles)

31 — *Chiens de chasse.*

JACOB (Stephen)

32 — *Tête de fantassin.*

LAMBERT (Eugène)

33 — *Petits chats jouant avec une balle.*

LAZERGES (Paul)

34 — *Soleil couchant en Algérie.*

LOPISWICH

35 — *Bouquet de roses dans un pichet.*

MAINCENT

36 — *Bords de la Seine.*

MAINCENT

37 — *Lisière de la forêt de Marly.*

DU NOUY (LECOMTE)

38 — *Deux Études de paysage, une Étude, tête de vieillard dans un cadre.*

POILPOT

39 — Esquisse pour le Panorama : *Escadre russe à Toulon.*

ROBERT (PAUL)

40 — *Parisienne voilée.*

RÉGAMEY (F.)

41 — Esquisse.
Panneau.

RIOU

42 — *Paysage. Coucher de Soleil.*

RIOU

43 — *Paysage.*

ROEDIN (J.-G.)

44 — *Tableaux de fleurs.*

Daté 1782.

ROEDIN

45 — *Tableaux de fruits.*

Daté 1782.

ROSSET-GRANGER

46 — *Projet de panneau décoratif.*

SCHOMMER

47 — *Études.*

STEVENS (A.)

48 — *La Voie lactée.*

TATTEGRAIN

49 — *Étude de jeune paysanne.*

TROUILLEBERT

50 — *Paysage au bord d'une rivière.*

PINEL (E.)

51 — *Dans l'oasis.*

ÉCOLE FRANÇAISE du XVIIe SIÈCLE

52 — *Combat entre cavaliers et fantassins.*
Cadre en bois sculpté.

BELIN (JEAN) (?)

(ÉCOLE ITALIENNE)

53 — *Portrait de jeune homme.*

AQUARELLES

ASTRUC (Zacharie)

54 — *Bouquet de fleurs dans un vase.*
Très jolie aquarelle.

BAYARD

55 — Illustration pour la *Vie Parisienne.*

BESNARD

56 — *Forges.*

CARAN-D'ACHE

57 — *Grenadier autrichien.*

CHÉRET (Jules)

58 — *Illustration.*

DARRAS

59 — *En reconnaissance.*

FORAIN

60 — *Coulisses de l'Opéra.*

GUÉRARD

61 — *Éventail.*

ROGER-JOURDAIN

62 — *Au bord de la mer.*

LEMAIRE (Mme Madeleine)

63 — *Bouquet de violettes dans un vase.*

LEPIC

64 — *Rochers au bord de la mer.*

Daté 1871.

LEPIC

65 — *Vue de la mer à Naples.*

Daté 1871.

POISSON (A.)

66 — *Paysage.*

RUBÉ

67 — *Paysage.*

TOCHÉ (Ch.)

68 — *Sur la route de Pompéi.*

Charriot traîné par un bœuf.

WORMS

69 — *Espagnol.*

ZIER (E.)

70 — *Eventail.*

Jeune femme assise sur les falaises au bord de la mer.

PASTELS

BAURY-SAUREL

71 — *Tête de vieillard.*

CAIN (G.)

72 — *Négresse.*

CARRIER-BELLEUSE

73 — *Danseuse.*

CHÉRET (Jules)

74 — *Jeune femme assise jouant de la guitare, derrière elle deux pierrots dansent.*

DOUCET

75 — *Jeune femme.*

DUEZ

76 — *Marine.*

GERVEX

77 — *Jeune femme assise sur un sofa.*

MACHARD

78 — *Portrait de jeune femme.*

Vue de face en corsage décolleté
Très beau pastel.

MONTENARD

79 — *Paysage.*

DESSINS

BELLANGÉ (Hippolyte)

80 — *Au Drapeau!...*

BELLANGÉ (Hippolyte)

81 — *Episode de la guerre des Chouans.*

D'ÉPINAY (Mlle)

82 — *Tête de jeune fille.*

Sanguine.

FORAIN

83 — *Les Temps difficiles.*

GUILLAUMET

84 — *Arabe appuyé sur son bâton.*

LOBRICHON

85 — *Petites filles.*

Dessin à la sanguine.

RAFFAELLI

86 — *Le colleur d'affiches.*

STEINLEN

87 — *Coq et poules.*

STEINLEN

88 — *La poursuite.*

TIEPOLO (?)

89 — *Scène religieuse.*

WILLETTE

90 — *La vie de Sarcey (Francisque).*

GRAVURES

DESBOUTIN (MARCELLIN)

91 — *Portrait du comte Lepic.*

LAMOTTE

92 — *Les États Généraux.*

D'après le bas-relief de Lalou.
Epreuve avant la lettre.

DEBUCOURT

93 — *La promenade publique.*

94 — *Quarante pièces environ :* Peintures, aquarelles, pastels, dessins, gravures, lithographies.
(Ce lot sera divisé).

95-96 — Deux petits cadres de style Louis XVI contenant l'un un thermomètre, l'autre un calendrier.

Argenterie

97 — Beurrier (plateau et couvercle en argent anglais).

8 — Verre et soucoupe en argent russe gravé.

Métal

99 — Carafe en cristal avec garniture en métal argenté et ciselé de style Louis XV.

100 — Carafe à glace garniture en métal.

101 — Quatre pièces : sucrier, théière, cafetière, pot à crême.

102 — Un lot : Huilier, sucrier à sucre en poudre et sa cuillère, bocal à cornichon, timbre, timbales.

103 — Porte-gâteaux formé de deux coquilles se refermant.

104 — Ramasse miettes et sa brosse.

105 — Compotier en cristal sur pied en bronze argenté.

106 — Surtout de table en cristal sur pied en bronze argenté.

107 — Service à liqueur composé de : un plateau formé d'une glace monture en étain, deux carafons et douze verres garniture en étain.

108 — Autre service à liqueur composé de : un carafon, sept verres garniture étain.

Verrerie

109 — Service de table (environ soixante pièces).

110 — Verseuse et deux verres de Venise.

111 — Deux vases en cristal rouge semé d'or, de Gallet de Nancy.

112 — Cornet en cristal sur coupe bronze, glace cadre en verre de Venise.

Faïences et Porcelaines

113 — Service de table en faïence genre Strasbourg.

114 — Service à dessert.

115 — Petite glace dans un cadre en porcelaine de Saxe.

116 — Deux grands candélabres en faïence formé chacun d'un lion supportant un faisceau de sept porte-bougies en cuivre poli.

117 — Deux vases en faïence à réserves de décors en relief.

118 — Vase porcelaine de Sèvres.

116 — Grand et beau lustre en verre de Venise préparé pour l'électricité.

120 — Deux jolis porte-bouquets en faïence grand feu de Lachenal, représentant deux coqs.

121 — Vase genre Persan de Lachenal.

122 — Deux vases de Lachenal.

123 — Grande vasque en faïence de Gien.

124 — Deux grands vases cornet à réserves de décors en relief.

125 — Potiche du Japon.

126 — Lot de neuf assiettes en porcelaine ou faïence de Rouen, Strasbourg, Saxe, Chine.

127 — Charmant petit tête à tête en porcelaine décorée.

128 — Service à café en porcelaine blanche et bleue décor Chine composé de : un plateau avec samovar et douze petites tasses.

129 — Deux petites tasses et soucoupes en ancienne porcelaine de Mayence.

130 — Coupe à fruit en porcelaine de Saxe.

131 — Sept petites tasses et leur soucoupe en porcelaine de Limoges.

132 — Douze assiettes porcelaine décorée.

OBJETS D'ART ET D'AMEUBLEMENT

Bronzes, Sculptures, etc.

133 — Deux fauteuils en acajou. Époque Louis XVI.

134 — Fauteuils d'époque Louis XV recouverts en maroquin rouge.

135 — Grande chaire à coffre en bois sculpté.

136 — Autre grande chaire à coffre en bois sculpté.

137 — Grande et belle armoire normande à deux portes avec vitraux.

138 — Joli petit bureau de dame de style Louis XVI, dit : Bonheur du Jour, en acajou à filets et ornements de cuivre avec glace au centre.

139 — Grande glace en bois sculpté italien d'époque Louis XVI à parties garnies de glace et d'étoffe.

140 - Pendule en bronze doré d'époque Empire : Le serment des trois Horaces.

141 — Groupes en plâtre décoré : l'un représentant *La Vendange*, l'autre *La Récolte des fruits*.

142 — **Très jolie vitrine** de style Louis XVI en acajou ornée de bronzes très finement ciselés et dorés.

143 — Deux très belles lampes colonnes en cristal gravé, monture en bronze ciselé et doré.

144 — David, de Mercié, en bronze de chez Barbedienne.

145 — Glace forme éventail, cadre en mosaïque d'ivoire et de bois sortant de la maison Giroux, monture en bronze.

146 — Deux bougeoirs en cuivre poli.

147 — Presse-papier en bronze : Chien, de Mène.

148 — Autre presse-papier en bronze sur socle en marbre rouge.

149 — Autre presse-papier en bronze du Japon, Dragon et singe.

150 — Un bronze à patine antique : Chameau, Delafontaine.

151 — Un bronze : Levrettes, de Mène.

152 — Encrier en marbre rouge et bronze avec sujet David, de Mercié.

153 — Joli bougeoir, liseuse en bois noir monture en bronzes verts et dorés d'époque Empire.

154 — Petit nécessaire de fumeur en cloisonné.

155 — Autre nécessaire de fumeur en cuivre argenté.

156 — Samovar en cuivre jaune.

157 — Girandoles en bronze argenté de style Louis XV.

158 — Un groupe bronze « Au Large », de Valton.

159 — Une suspension à gaz et à électricité.

160 — Petit lustre pour veilleuse en cuivre poli.

161 — Buste en terre cuite de A. Dumas fils, par Carpeaux.

162 — Buste en terre cuite de A. Wolf par Krugel.

163 — Petite jardinière en terre cuite : Femme nue assise sur une corbeille, par Glodinon.

164 — Buste de Ch. Garnier en plâtre vernissé par Carpeaux.

165 — Plateau en bois de fer et incrustations de nacre.

Mobilier

166 — **Beau meuble de salon** en bois sculpté et doré du style de la Régence composé de un canapé banquette, deux fauteuils et quatre chaises (sortant de la maison Kriéger) recouvert en soie réséda à fleurs et à ramages.

167 — Console en bois sculpté et doré du style de la Régence, dessin en marbre veiné noir et blanc.

168 — Petit canapé marquise, en noyer sculpté et ciré de style Louis XV.

169 — Petit fauteuil marquise en noyer sculpté et ciré de style Louis XV.

170 — Quatre chaises légères en noyer sculpté de style Louis XV recouvertes en tapisserie moderne au petit point.

171 — Chaise de piano en bois sculpté et doré de style Louis XVI recouverte en tapisserie au point de Hongrie.

172 — Piano demi-queue de Pleyel.

173 — Piano droit de Levêque.

174 — Table-bureau en noyer ciré style Louis XIII.

175 — Deux meubles d'entre-deux en marqueterie de bois et ornements en bronzes dorés, dessus en marbre blanc.

176 — Bibliothèque tournante en noyer avec pupitre et deux cartons.

177 — Meuble de cabinet de travail composé de : un canapé, deux fauteuils, quatre chaises basses.

178 — Deux rayons bibliothèque en noyer sculpté et ciré.

179 — Un canapé, deux fauteuils, deux chaises, le tout recouvert en velours frappé vieil or.

180 — **Bel ameublement de chambre à coucher** en noyer ciré de style Renaissance composé de : un lit de milieu, une table de nuit, une armoire à glace.

181 — Table à jeu en bois noirci.

182 — Petite table en noyer ciré.

183 — Porte-parapluie en chêne avec glace au centre.

184 — Buffet de salle à manger à deux corps à crédence en chêne sculpté.

185 — Table carrée, coins arrondis en noyer sculpté style Henri II.

186 — Dressoir en noyer sculpté style Henri II, dessus en marbre rouge.

187 — Dix chaises en noyer ciré, style Henri II, recouvertes en cuir.

188 — Table à thé en bois laqué.

189 — Petite table en bambou et bois laqué.

190 — Sèche-cigares en noyer sculpté.

191 — Meuble bibliothèque de style breton.

192 — Boîte à sel en bois sculpté.

193 — Coffre à bois en chêne.

194 — Un lustre en bronze doré et cristal taillé.

195 — Deux appliques en bronze doré et cristal taillé.

196 — Lanterne d'antichambre en fer forgé préparé pour le gaz et l'électricité.

197 — Petite table étagère en acajou et cuivre,

198 — Casier à musique en noyer ciré.

199 — Petit tabouret algérien.

200 — **Ameublement de chambre à coucher** en pitchpin composé de : un lit, armoire à glace et table de nuit.

201 — Autre lit en pitchpin.

202 — Petite toilette en pitchpin.

203 — Grand lavabo en pitchpin à prise d'eau et déversoir directs en marbre blanc avec glace à entourage marbre blanc.

204 — *Sous ce numéro un lot* comprenant différents meubles tels que : Tables recouvertes en peluche, Chaises diverses, Armoires en bois blanc et en acajou.

Ce lot sera divisé.

205 — Meubles de cuisine, de domestiques et autres.

Ce lot sera divisé.

206 — Literie comprenant : matelas, oreillers, traversins.

Ce lot sera divisé.

207 — Deux glaces cadres dorés.

Ce lot sera divisé.

208 — Glace dans un cadre en bois doré et décoré de bouquets et de fleurs.

209 — *Sous ce numéro un lot* : Bougeoirs, vases bas-reliefs, statuettes, lampe à électricité, petite jardinière, etc.

Tentures

210 — Deux très belles tentures de fenêtres de salon, comprenant chacune une galerie en bois doré avec bandeaux en peluche brodée et avec applications de passementerie, deux grands rideaux en soie réséda à fleurs et à ramages.

211 — Deux doubles portières en soie réséda à fleurs et à ramages avec cantonnières.

212 — Une tenture de fenêtre composée de : un bandeau et deux rideaux, et quatre portières, le tout en damas de soie rouge.

213 — Un ciel de lit avec ses rideaux de côtés et le fond de lit, une tenture de fenêtre composée de : draperie de fenêtre et deux rideaux, et deux rideaux portières, le tout en reps de soie vieil or avec bandes de velours frappé et retenue de soie bleue dans les draperies du ciel de lit et de la fenêtre.

214 — Trois bandeaux et six rideaux de fenêtre ou portières en peluche rouge.

215 — Une tenture de fenêtre drapée à l'italienne en reps de laine fond lamé.

216 — Deux rideaux de fenêtre, trois portières et tablette de cheminée avec rideau en cretonne.

217 — Deux rideaux de fenêtre, trois portières en cretonne.

218 — Deux rideaux en reps de laine.

219 — Grand bandeau de baie en velours de lin et applications de passementerie.

Tapis

220 — Grand et très beau tapis d'Orient.

221 — *Sous ce numéro* sept tapis d'Orient. Ce lot sera divisé.

222 — Tapis ours blanc.

223 — Tapis de chambre à coucher.

224 — Tapis fond rouge.

225 — Tapis fond rouge.

226 — Sous ce numéro un lot de carpettes.

227 — Sous ce numéro les objets omis au présent catalogue.

www.ingramcontent.com/pod-product-compliance
Ingram Content Group UK Ltd.
Pitfield, Milton Keynes, MK11 3LW, UK
UKHW020218180726
13838UKWH00005B/2056

9 782329 362854